05-21

Esto es placer

Esto es placer

MARY GAITSKILL

Traducción de
Javier Calvo

LITERATURA RANDOM HOUSE

Papel certificado por el Forest Stewardship Council®

Título original: *This is pleasure*

Primera edición: abril de 2020

Printed in Spain – Impreso en España

ISBN: 978-84-397-3737-7
Depósito legal: B-1.748-2020

Compuesto en La Nueva Edimac, S. L.

Impreso en Reinbook Serveis Gràfics, S. L.
Sabadell (Barcelona)

R H 3 7 3 7 7

Penguin
Random House
Grupo Editorial

M.

Hacía unos cinco años que yo conocía a Quin cuando me contó la historia —que en realidad ni siquiera es una historia, es más bien una anécdota— de una mujer a la que había conocido por la calle. Quin se creía capaz de percibir la naturaleza más recóndita de la gente con solo mirarla; también estaba convencido de que podía saber lo que más quería oír alguien, o mejor dicho, lo que le iba a producir una mayor respuesta. Era un poco presuntuoso con aquellas supuestas habilidades especiales, y así era como empezaba la historia. Vio a una mujer de aspecto melancólico, una «belleza marchita», en sus palabras, caminando sola por Central Park, y le dijo:

—¡Pero qué dulce eres!

Y ella le respondió:

—¡Y qué observador eres tú por verlo!

Al cabo de unos minutos de conversación, la invitó a tomar té. Ella aceptó.

No me la describió más, salvo para decir que era de mediana edad y que estaba claro que se sentía sola. Nunca había estado casada, trabajaba en relaciones públicas y no tenía hijos. Incluso sin descripción visual, me hice una imagen nítida de ella: los antebrazos esbeltos y las manos largas, el sutil resplandor que emitía el contorno de su mejilla cuando se inclinaba un poco hacia delante, su mente avivada por aquel hombre extraño e inesperado. Y él también se inclinaba hacia ella. Quin era alguien que se *embebía* de la gente.

Se intercambiaron los teléfonos. Le pregunté si le había mencionado a la mujer que estaba a punto de casarse y él me dijo que no. No tenía planeado llamarla. Le bastaba con sentir el potencial que había entre ambos, como un vídeo guardado en el móvil de algo que ya había sucedido.

—Seguro que le gusta que le hagan daño, aunque ligeramente. Seguro que lo que más quiere es afecto. Le puedes pegar con, no sé, una pala de ping-pong. Y luego tocarle el clítoris. *Esto es placer* –hizo una pausa–. *Y esto es dolor.*

Cuando le repetí esta historia a mi marido, se partió de la risa. Nos partimos los dos. Años después, cualquiera de los dos lo soltaba sin que viniera a cuento:

–Esto es placer –mi marido ponía cara de pervertido y pellizcaba el aire–. ¡Y esto es dolor!

Y los dos nos partíamos de la risa, nos carcajeábamos. Todo era vagamente sádico; tan vagamente que resultaba ridículo. Era obvio que no hacíamos daño a nadie.

–La cosa no acabaría bien para ella –me dijo Quin–. Es una mujer abierta de miras pero sensible. Yo estoy comprometido con una mujer mucho más joven y no podría pasar nada que fuera bueno para ella.

–Quizás solo quisiera la experiencia –le dije–, si se sentía sola.

Siento informar de que dije eso. Pero realmente pensaba que podía ser verdad.

Por fin, hablaron por teléfono; lo llamó ella. Quin le contó entonces lo de su compromiso. Le dijo que le gustaría que lo considerara una especie de ángel de la guarda, alguien que la vigilaba físicamente. Lo cual se añadió a la hilaridad de mi marido y de mí. Pese a que también se añadía al sadismo secreto. Me reí pero también me pregunté: ¿acaso la mujer sabía, aunque fuera vagamente, que él estaba jugando con ella? ¿Acaso tenía la sensación de que había algo malo en aquel encuentro, igual que sientes un pelo misterioso pegado a la mejilla? ¿Por qué me parecía tan gracioso aquello? Ahora que me acuerdo, se me hace extraño. Porque no me quiero reír. Siento dolor. Dolor de verdad en el corazón. Sutil. Pero real.

Q.

Fui a mi oficina por última vez en plena noche. No tenía permitido ir en horas de trabajo y tampoco quería; habría sido desagradable. El director editorial había dado instrucciones al guardia de seguridad para que me dejara entrar y me escoltara otra vez hasta la salida. Las cajas ya estaban hechas y enviadas; antes de eso, mi mujer había recogido un sobre de dinero en metálico de emergencia que yo había dejado en un cajón del escritorio. Ni siquiera *ella* quiso poner un pie en la oficina; el único editor adjunto comprensivo con mi situación aceptó quedar con ella y entregarle el sobre en un quiosco del metro; un detalle lúgubre que solo sirve para subrayar el nivel de repugnancia que siente Carolina por todo lo que esté relacionado con mi antigua vida profesional.

En cualquier caso, fui una última vez para recoger una orquídea que se las había apañado para sobrevivir después de que la regaran meses enteros de forma inepta y para ver si había quedado en el despacho alguna otra fruslería. Y había quedado una, o mejor dicho *dos*, aunque no eran fruslerías, y tampoco era yo quien las había dejado allí.

La primera era la placa con mi nombre, que por extraño que parezca seguía pegada a la pared de la puerta de mi despacho, anunciando con grandilocuencia la existencia del ahora inexistente Quinlan M. Saunders. Parecía una broma desagradable, y fue sobre todo aquella «M» de ceño escarpado y quizás pretenciosa la que me importunó cuando entré en el que había sido mi despacho; la segunda sorpresa yacía allí en silencio sobre mi escritorio: una cigarrera de cartón, cuya ilustración original yo había cubierto pegándole encima una imagen de una manzana muy roja sobre fondo blanco, y al otro lado las palabras «cada día = decisiones», desplegadas como si fueran un nombre comercial en letras rojas y rosadas. Cuando abrías la cigarrera, no te encontrabas cigarrillos sino cinco rollitos de papel muy pequeños colocados con simetría meticulosa. Cuando los desplegabas, decían, con tipografía negra normal y corriente, «fealdad o belleza», «verdad o mentira», «valentía o miedo», «amabilidad o crueldad», «amor o _____». El espacio para la última palabra del último rollo estaba en blanco. No me hizo falta mirarlo; tenía un recuerdo nítido y doloroso; como cuando un médico te aprieta el abdomen y te pregunta: «¿Te duele ahí?»

Yo le había fabricado aquella caja unos años antes a una chica que todavía trabaja en la hilera de oficinas frente a la mía. Una chica de aspecto corriente, con el pelo castaño corto, ojos luminosos y buen color. Tenía la cintura ancha pero el cuerpo grácil, garbo de campesina –al mismo tiempo humilde y segura de sí misma– y pose serena, más que la de la mayoría de mujeres hermosas. Sus ojos contemplaban el mundo con profundidad pasiva y destellos ocasionales de humor letal. Era inteligente, más de lo que ella misma sabía, y yo quería que aprendiera a usar su inteligencia de forma más activa.

La cigarrera venía de una conversación de pasillo que habíamos tenido acerca de las decisiones y las oportunidades. Me pasé varias tardes sentado a mi mesa, montando aquella pequeña exquisitez en mis escasos momentos de inactividad. Me resulta extraño y conmovedor acordarme del esmero que puse en la cigarrera, de la sofisticación y el infantilismo, de cómo me la imaginaba en manos de ella. La invité a almorzar para regalársela y sí, yo tenía razón: cuando la vio, el destello no solo le iluminó los ojos sino también la cara entera, y en aquel instante me convertí para ella en un mago que le había regalado un objeto encantado. Y como si *fuera* un mago me escuchó mientras yo le hablaba de ella: de cómo era, de lo que necesitaba y de lo que le hacía falta corregir.

—Estamos en pleno viaje —le dije, y era verdad. Al final del viaje, ella había cobrado conciencia de su ambición y había aprendido a satisfacerla.

Con el tiempo aparecerían otras chicas con las que me gustaría más flirtear. Pero durante años —casi diez años— mantuve viva nuestra amistad ofreciéndole cumplidos diarios y almuerzos esporádicos. Todavía guardo una nota que me escribió a mano y que dice que nuestros almuerzos eran la «gloria» de su semana.

Ahora no me había devuelto mi regalo a mí, sino a un despacho vacío. Se había convertido en una de mis acusadoras.

Dejé la caja en el cubo de la basura al salir, pero luego, como no quería dejar tras de mí la prueba de aquella amargura, di media vuelta para recogerla. Mi intención era tirarla en una papelera de la calle. Pero lo que hice fue llevármela a casa y meterla en un cajón donde Carolina no la encontrara.

M.

Conocí a Quin cuando me entrevistó para un puesto de editora adjunta, hace más de dos décadas. Con treinta y cinco años, yo ya era un poco mayor para el puesto. Venía de una publicación del East Village que era venerablemente extravagante, y quizás había tardado demasiado en darme cuenta de que aquellos dos calificativos se cancelaban entre sí. Además, me pagaban una miseria, y yo ya tenía ganas de encontrar un trabajo mejor. Había oído hablar de Quin. Sabía que era inglés, que tenía dinero de antiguo (su padre era banquero y su madre estaba en el negocio de las organizaciones benéficas) y que era un excéntrico. Aun así, me sorprendió su aspecto.

Tenía por lo menos cuarenta años, pero su cuerpo y sus formas delgadas eran las de un muchacho elegante. El pelo largo y castaño le caía sobre la frente con un estilo juvenil que le quedaba completamente natural. Su ropa era exquisita: corte simple y colores neutrales pero de calidad, suave, con una caída perfecta, sin nada llamativo más que el largo fular de seda que llevaba casi siempre en torno al cuello. Sin ser hermoso, daba una impresión inesperada de belleza; hasta que proyectaba un poco el mentón hacia fuera, con los labios separados, de manera que solo le asomaban los dientes de abajo y la cara estrecha se le veía extrañamente insectil y depredadora, como de bicho con fauces.

La entrevista también fue extraña, primero juguetona y después inesperadamente mordaz. Me hizo un montón de preguntas que parecían irrelevantes y personales, entre ellas si tenía novio. Usó mi nombre más a menudo de lo necesario y con una entonación extrañamente íntima, que, combinada con su acento británico, no solo transmitía precisión sino también *corrección*.

Y era aquella *corrección* lo que te confundía un poco: cuando me interrumpió para decirme: «¿Margot? Margot, no creo que tu voz sea tu mayor cualidad. ¿Cuál es tu mayor cualidad?», me quedé tan perturbada y desconcertada que no supe si sentirme ofendida o no. No recuerdo mi respuesta pero sé que fue abrupta y poco inteligente y que puso fin a la entrevista.

Conseguí otro trabajo mejor, pero aun así, cada vez que salía a colación el nombre de Quin, y salía a menudo –tenía cierta reputación negativa, aunque poco clara, como si la gente no supiera qué pensar de él, a pesar de que ya llevaba tiempo allí–, yo recordaba con nitidez su voz y lo perturbada que me había sentido, y me preguntaba por qué la sensación no me había abandonado. Y luego, un par de años más tarde, me lo volví a encontrar, en una feria del libro de D.C. Entré sola en una especie de recinto alquilado y engalanado y lo vi posar para una foto en compañía de dos mujeres jóvenes y elegantes que estaban apoyadas en sus hombros poniendo caras graciosas y haciendo señas a lo gángster con las manos. Quin estaba mirando a la cámara y no a mí, pero en cuanto terminaron de hacerle la foto se excusó y vino a hablar conmigo. Aquella vez la voz le sonó distinta: llena de buena voluntad simple y llana y tan efusiva que me dio la impresión de que estaba borracho, aunque no lo estaba. Me dijo que se alegraba de que me fuera bien, y cuando le pregunté cómo sabía cómo me iba, me dijo que se había enterado —«Compraste un libro que yo quería, y solo alguien lleno de seguridad en sí mismo iría a por ese libro, estoy seguro de que sabes a cuál me refiero»—, pero que aunque no se hubiera enterado, se habría dado cuenta nada más verme. La sala estaba llena de ese bullicio veloz de las personalidades; en algún lugar en segundo plano había un pastel, botellas y flores. Las chicas gángster intercambiaban gestos y sonrisas encantadas. Todo parecía una bendición.

De regreso en Nueva York, nos vimos en un restaurante donde antaño solía quedar la élite artística, pero que ahora frecuentaban sobre todo turistas y gente del mundo de los negocios. Estábamos sentados en una banqueta alargada; Quin le dijo al camarero que quería sentarse en el mismo lado que yo para hablar con más facilidad; y allí mismo se sentó, con sus cubiertos. Estoy seguro de que no me lo dijo de inmediato, pero yo recuerdo que sí:

−¡Ahora tienes una voz mucho más fuerte! ¡Te has vuelto mucho más fuerte! ¡Hablas directamente desde el clítoris!

Y como si fuera la cosa más natural del mundo, me metió la mano entre las piernas.

−¡NO! −dije, y le puse la mano en la cara con la palma hacia fuera como si fuera una policía de tráfico. Sabía que aquello lo detendría. Hasta un caballo *suele* obedecer cuando le pones la mano en la cara, y eso que un caballo pesa unos quinientos kilos más que un ser humano. Con cara un poco asombrada, Quin se echó hacia atrás en su asiento y dijo:

−Me gustan la fuerza y la claridad de tu «no».

−Bien −contesté.

Pedimos la comida. Hablamos de comida.

Volvió a manifestar su admiración por la novela que yo había adquirido, que habían rechazado todas las editoriales grandes, la suya incluida, alegando que era misógina (aunque, por supuesto, *nosotros* no la calificábamos así). Evaluó al resto de gente del local, imaginando a qué se dedicaban y si eran o no felices. Yo estaba fascinada a pesar de mí misma, tanto por el grado de detalle de sus especulaciones como por lo precisas que parecían. Prestó una atención especial a un robusto japonés que estaba comiendo vigorosamente solo, con las piernas orgullosamente abiertas, llevándose la comida a la boca con una mano y con la otra cerrada sobre el muslo extendido; Quin dijo que, de toda la gente que había en el local (aparte de mí), aquel hombre era la persona con la que más le gustaría hablar, porque tenía pinta de ser capaz de hacer «cosas muy grandes». Pero lo que más recuerdo de aquella noche fue la expresión que se le quedó en la cara cuando mi palma en alto lo hizo retroceder, aquella obediencia sorprendida que de alguna forma parecía *centrada* y más genuina que el gesto mismo de ponerme la mano allí.

También me acuerdo de un momento breve después de la cena. Me acompañó a casa y nos despedimos tan cálidamente que un joven que se cruzó con nosotros se sonrió, conmovido por aquel cortejo entre personas de mediana edad. Entré en mi edificio y en mitad de las escaleras me acordé de que necesitaba leche. Volví a bajar y fui a un supermercado de la esquina. Mientras metía la mano en la nevera para coger la leche, eché un vistazo por el rabillo del ojo y vi a un hombre gracioso que se estaba explorando la nariz con un pañuelo muy grande mientras rebuscaba en un estante. Iba muy encorvado, como si estuviera manifestando físicamente alguna contractura emocional. Me sorprendió mucho darme cuenta de que era Quin, de lo radicalmente distinta que era su postura de la pose elegante y recta que había visto toda la noche. Estaba tan enfrascado en lo suyo que ni siquiera me vio, y sentí el impulso de irme sin comprar la leche, para no tener que hacerle sa-

ber que había… ¿Qué? ¿Que lo había visto ex-
plorarse la nariz?

Al día siguiente me mandó flores y empezó
nuestra amistad.

Q.

Se lo conté a Margot y se lo conté a mi hermano. No se lo conté a mi mujer. Al menos no de entrada. Seguía teniendo la esperanza de que todo cayera en el olvido, o por lo menos de que se resolviera de forma discreta, y mi esperanza no carecía de fundamento. Al principio la demanda no era contra mí sino contra la editorial, y lo único que ella quería era un pago, el cual la empresa estaba dispuesta a efectuarle, a condición de que dejara de manifestar sus quejas. Eran unas quejas mezquinas y absurdas; lo cual significaba, tal como señaló Margot, que era casi imposible no hablar de ellas

—¿Cómo se asegura uno de eso? —preguntó Margot—. ¿Cómo se puede saber de qué está hablando en los cócteles? ¿Y dónde va a hablar del tema si no? Sería distinto en caso de violación, pero tampoco puede ir a la prensa a denunciar una cosa extraña que le dijiste hace años.

Margot se equivocaba. Tuve esa sensación incluso mientras me lo decía. Pero viéndola allí, bien asentada en su noción de la realidad, hablando con plena confianza mientras cogía la sal y la vertía en abundancia sobre todo lo que comía, me sentí tranquilizado. Sentí su amor por mí. Pese al hecho de que también *ella* estaba enfadada conmigo. Aprovechó la oportunidad para decirme que estaba furiosa, y que llevaba años así.

–Tratas a la gente como si fuera un pasatiempo –me dijo–. Haces bromas y los pinchas para ver hacia dónde saltan y cuánto. Hurgas allí donde les duele. Te deleitas con su dolor. No parece que la chica tenga ningún argumento legal, pero sinceramente, entiendo que esté enfadada. No la tocaste, ¿verdad? Sexualmente, quiero decir.

No la había tocado. Solo alguna vez en el hombro, o rodeándole la cintura. Quizás en la rodilla o la cadera. Afecto. Nada sexual.

—Realmente no quiero que se entere Carolina —le dije—. Odia la opresión masculina. La odia.

Y Margot se echó a reír. *A reír.*

—¿De verdad acabas de decir eso? —me dijo—. *¿Tú?*

—Estoy preocupado por mi mujer —dije.

Dejó de reírse.

—Si no fue sexual, no tienes nada de lo que preocuparte.

—Pero se puede hacer que parezca sexual. O simplemente... Ella afirma que le ha costado varios meses de facturas del psicólogo.

Margot se volvió a reír, de forma más mezquina, aunque no estoy seguro de quién.

—Me gustaría que no dijeras nada de esto —le dije—. O sea, no se lo menciones a nadie. Ni siquiera a Todd.

—No diré nada —me dijo—. No te preocupes.

M.

No le conté a mucha gente que Quin me había intentado meter la mano entre mis piernas. Cuando lo contaba, lo contaba como una historia graciosa y casi todo el mundo se reía. Pero una vez alguien, no me acuerdo de quién, me dijo:

—¿Por qué quieres tener amistad con alguien así?

Y contesté algo tipo:

—Bueno, fue muy persistente y puede ser muy divertido. —Lo cual era cierto. Pero no era la razón de que yo hubiera llegado a quererlo como amigo.

Durante meses, la amistad fue casi completamente unidireccional y consistió en correos breves y frívolos que me mandaba, invitaciones profesionales y llamadas telefónicas para «ver cómo estaba». No tomé la iniciativa hasta casi tres meses después de nuestra primera cena, y la ocasión no tuvo nada de frívolo. Mi novio acababa de dejarme por una veinteañera, a mi jefa la habían despedido por publicar unas memorias que sabía que eran falsas, mi edificio se estaba convirtiendo en cooperativa y yo no me lo podía permitir. Estaba intentando llegar a la oficina de mi psicóloga cuando el metro soltó un gruñido entrecortado, se detuvo, se quedó a oscuras, se recalentó y luego pareció morirse del todo. Todo el mundo se quedó atrapado, tosiendo, moviéndose nerviosamente y mascullando en la tórrida oscuridad durante casi media ahora hasta que el trasto se reanimó lo bastante como para entrar a trancas y barrancas en la siguiente estación, donde nos soltaron para que subiéramos las escaleras en estampida y nos peleáramos por un taxi. Perdí la pelea y aquella derrota fue la gota que colmó el vaso. Llamé a mi psicóloga para cancelar la sesión de terapia y luego llamé a una amiga que, incapaz de creerse que me estuviera oyendo lloriquear por teléfono por haberme perdido una cita con la psicóloga en horas de trabajo, me dijo: «¡Estoy ocupada!», y me colgó.

Era todo muy estresante, pero no lo bastante como para justificar cómo me sentía: como si se hubiera abierto una trampilla y hubiera caído por ella a un caos hirviente, agarrándome a unos asideros que se desprendían en cuanto me cogía de ellos, precipitándome y transformándome al caer en algo irracional, en un simple recipiente de miedo y dolor. Aterrada por la imagen de aquella gente que se movía a mi alrededor llena de energía y resolución, me senté en la acera y apoyé la cabeza en la pared del edificio más cercano. Me quedé allí unos minutos sentada, esperando a que se me calmara el corazón, y entretanto me acordé de Quin. No sé por qué. Pero cuando el corazón se me tranquilizó lo suficiente, lo llamé. Cogió el teléfono deprisa y animadamente. No recuerdo la conversación entera, solo que le dije que estaba enferma y que no valía nada, y que «todo el mundo» lo sabía.

—¿Quién es todo el mundo? —preguntó Quin.

—Pues la gente —le dije—. La gente que conozco.

—¿Y cómo sabes que piensan eso? —me preguntó—. ¿Te lo han dicho?

—No —dije—. No me lo han dicho. Pero me doy cuenta. Simplemente me doy cuenta.

Cuando Quin volvió a hablar, lo hizo con sorprendente emoción:

—No sé quién es esa gente —dijo—, ni por qué te importa su opinión. Pero ni estás enferma ni es verdad que no valgas. Tienes un espíritu maravilloso.

Y así, de golpe, dejé de caer. El mundo y toda la gente que caminaba a toda prisa por él se volvieron reconocibles otra vez. Me quedé muda de agradecimiento.

—No te líes con el metro —me dijo—. Coge un taxi hasta mi despacho. Te espero en la puerta. Iremos a tomar té.

Y fuimos. Ni hubo tocamientos ni se habló de sexo. Tomamos té y me escuchó y me sostuvo la mirada con ojos tiernos y atentos.

Q.

Si la gente pudiera ver los correos electrónicos que nos mandábamos mis acusadoras y yo, creo que se quedaría muy sorprendida. Mi mujer no para de repetirme lo «tonto» que fui por mandar correos personales con cualquier asomo de flirteo desde una cuenta de la empresa. Ella *jamás* manda ninguna comunicación personal desde el servidor de su trabajo, por perfectamente platónica que sea. Pero aunque jamás me discuto con ella cuando se pone en este plan, creo que esos correos electrónicos son mi mejor defensa, pese a que tengan cierta carga sexual minúscula. Porque muestran reciprocidad, placer, hasta gratitud; amistad, en suma.

Caitlin Robison fue amiga mía durante once años. Sí, durante un tiempo fue mi empleada. Incluso fue hasta cierto punto mi protegida. Pero en última instancia era mi amiga. Venía a las fiestas que yo daba en casa. Conoció a mi mujer y a mi hija.

Cuando Caitlin Robison vino a trabajar para nosotros, tenía veinticuatro años y era una joven poco atractiva y seca con un corte de pelo anodino (rubio oscuro) y un estilo asexuado por el que me gustaba meterme con ella. Yo notaba que la irritaba que me metiera con ella, pero se lo tomaba con deportividad, y eso hacía que me cayera bien. Y ella debió de darse cuenta, porque en cuestión de meses ya se estaba metiendo también conmigo, llamándome «afeminado», «presumido» y «señorona»... ¡Qué descarada! Mostraba una desenvoltura inesperada y, cada vez que me lanzaba una de aquellas *agudezas* por encima del hombro, de alguna manera el culo anguloso se le veía más redondo.

Y ella sabía que yo tenía razón. Cuando por fin decidió arreglarse el pelo, me preguntó.

—¿Y qué crees *tú* que me quedaría bien?

Me lo dijo en tono de provocación, pero me di cuenta de que lo preguntaba en serio, de manera que se lo dije. Ella aceptó mi sugerencia y su apariencia mejoró por lo menos tres enteros. Y seguramente por eso, cuando me ofrecí para acompañarla de compras, aceptó *con gran entusiasmo*.

No fuimos a ningún sitio caro, ella no ganaba lo bastante con su cargo de adjunta, y en cualquier caso prefiero el encanto de las tiendas de saldos, a veces incluso para mí. Soy un cazador de rebajas, y descubrí que ella también lo era. Fuera de la oficina, mientras rebuscaba en los estantes de los saldos y las cubetas de descuentos, se le encendía la electricidad interior y yo sentía su motor. Era ambiciosa aquella chica, vanidosa y práctica hasta extremos sórdidos: aquella sordidez era su atractivo. «¿Cómo me queda?», preguntaba una y otra vez, refiriéndose a alguna camiseta ajustada o falda de tubo, y yo le decía: «Date la vuelta, déjame ver». Lo divertido estaba en su mirada cuando buscaba mi reacción y seguía mis indicaciones, y en las opiniones que empezaba a expresar. Hace años de aquello, o sea que no puedo decir que me acuerde de cuáles eran (salvo que le encantaban los episodios antiguos de *Ally McBeal*, y que era capaz de citar algunos que eran muy sexuales), pero sí me acuerdo de su tinte. Hablaba del hombre con el que estaba saliendo. Yo le hablaba de mi noviazgo con Carolina y de nuestra boda. Más tarde le mandé un correo electrónico que decía: «¡Tú más yo igual a elixir mágico!» Y ella me contestó: «¡Delicioso!»

M.

Desarrollamos un ritual gracioso, Quin y yo. Me da un poco de miedo volar, y pasé por un largo periodo en que me daba *mucho* miedo. Fue durante aquel periodo cuando empecé a llamar a Quin cada vez que me subía a un avión. Le preguntaba si le parecía que mi vuelo iba a tener problemas, y él me decía: «Déjame sintonizar». Hacía una pausa, a veces larga. Y por fin me decía:

—¡Nada de que preocuparte, Margot!

O bien:

—*Creo* que no te va a pasar nada.

Si no conseguía encontrarlo, le dejaba un mensaje en el buzón de voz y él casi siempre me contestaba antes de que el avión despegara. En las escasas ocasiones en las que no me contestaba, al aterrizar me encontraba un mensaje de voz asegurándome: «Estás a salvo, cariño. Llámame cuando aterrices». Una vez, como no lo pude encontrar, llamé a Todd, el hombre con el que me había casado. Quin se quedó escandalizado:

—¿Lo has llamado a *él*? ¡Pero si no sabe nada de aviones!

Era lo que más le gustaba: dar consejo sobre esas cositas extrañas que pueden afectar inexplicablemente al corazón de uno, y a veces oprimirlo dolorosamente. Podía llamarlo en cualquier momento y, si le resultaba posible, él dejaba lo que estuviera haciendo para darme consejo sobre si tenía que enfrentarme o no con una amiga por algo que me estaba molestando; si tenía que llevar o no un estilo concreto de maquillaje a una fiesta en concreto; si alguna de las amistades de mi marido debía hacerme o no pensar que me estaba siendo desleal. Eran conversaciones que nunca duraban mucho, porque los consejos de Quin eran inmediatos, decididos y por lo general filosóficos.

No era la única persona que tenía aquella clase de relación con Quin. Quedaba con él en un restaurante y me lo encontraba terminando de hablar por teléfono con una mujer que lloraba por la infidelidad de su marido. Iba al cine con él y me contaba que una chica le estaba mandando mensajes de texto para preguntarle su opinión acerca de algo que había dicho el tipo con quien estaba saliendo. Un día fui a su despacho y me lo encontré en medio de una multitud de chicas, una de ellas llorando a moco tendido. «¡Oh, Quin, qué humillada me siento!» Y delante de todo el mundo, él se puso a darle consejo. No caigo en *qué* consejo le dio exactamente. Pero sí me acuerdo del llanto abierto y desinhibido, de la placidez de las demás mujeres, de la fuerza de la voz de Quin, de la sala soleada, como si aquel lugar fuera un santuario donde podían airearse y resolverse todos los sentimientos.

Antes de que se armara la de Dios, cuando yo me enfadaba con Quin, a veces me acordaba de aquel momento y de aquella sensación de obertura, luz diurna y emociones desinhibidas. También me acordaba de lo extrañamente divertidas que eran nuestras conversaciones sobre sexo, en las que él me intentaba persuadir para que le hablara de las cosas que había hecho o que me gustaba hacer, y yo normalmente me negaba a decir nada pero a veces, por alguna razón, cedía. Por ejemplo, durante un largo y aburrido trayecto en tren me preguntó si, al practicar sexo oral, era importante quién se corría primero y por qué. Aquello derivó en una conversación más larga de lo que cabría esperar, y aunque tuve cuidado con mi lenguaje, en mitad de la conversación una mujer mayor un poco desaliñada se giró hacia mí en su asiento y me dedicó una amplia sonrisa. Me acordaba de que había hablado una vez con él por teléfono antes de una fiesta en su lujoso apartamento de Central Park, en la que conocí por primera vez a su mujer, gran seguidora de la moda, y a sus amigos ricos. Me preocupaba la cuestión de qué ponerme, y él me dijo: «Cualquier cosa que elijas estará perfecta. Vienes a casa de alguien que te quiere». Me acordaba de que una vez me había hablado de su hija, Lucia, que a los seis años hacía unos dibujos maravillosamente adultos y escribía unos poemas que la hacían destacar incluso en la escuela para superdotados a la que iba. Estábamos en un taxi y en mitad de la conversación me preguntó si me podía poner la cabeza en el regazo. «Vale», le dije, y me la puso. Y me dijo: «No hay mucha gente en la que tenga la bastante confianza como para hacer esto». No fue sexual. No le acaricié la cabeza ni nada. Simplemente se quedó tumbado en el asiento con la nuca en mi muslo y se puso a citar los poemas de su hija. Fue bonito.

Hubo muchos momentos como aquel, por no mencionar su solícito apoyo profesional y emocional, hacia mí e incluso hacia Carter, mi deprimido sobrino sin padre de Albany. Durante una visita particularmente desalentadora del chaval —por entonces yo estaba soltera y no sabía qué hacer con un varón furioso de doce años—, Quin se presentó espontáneamente en mi casa, me requisó al chico y se lo llevó a hacer una inspirada visita a la sala de armas y armaduras del

Met, con una excursión añadida a un salón de máquinas recreativas.

—Es un tío enrollado —me dijo Carter.

Y al acordarme de aquellas cosas, me preguntaba a mí misma: ¿Por qué estoy tan enfadada?

Pero eso era antes. *Después* de que se armara la de Dios, volví a acordarme de aquel momento de santuario en su despacho y contemplé un dato: más de la mitad de las mujeres presentes allí habían firmado la petición que había circulado interminablemente por Internet, habían concedido entrevistas, habían exigido que se despidiera a Quin, habían interpuesto demandas por daños y perjuicios y habían amenazado a cualquier empresa que se atreviera a contratarlo. Ellas también estaban furiosas.

Q.

Es verdad que me gusta jactarme y que me gusta meterme con la gente. Y Margot, aunque tiene una visión muy libre de la sexualidad, puede ser un poco estricta moralmente hablando. Me acuerdo de que una vez provoqué a Margot contándole que había convencido a una mujer a la que acababa de conocer, durante una escala aérea en Houston, para que me contara lo que pensaba cuando se masturbaba. Del teléfono emanó un silencio gracioso y luego Margot me dijo:

—¿Y no te partió la cara de una bofetada?

—No —contesté en tono amable—. Fui muy educado. Fui presentando la cuestión de forma gradual. Yo estaba a punto de coger mi vuelo, tuvimos una charla agradable y me contó muchas cosas de ella. Fue simplemente, ya sabes, extraños en un tren, no nos volveremos a ver nunca, así que…

—Todavía no entiendo por qué no te arreó un guantazo.

—Yo te explico por qué. Era una mujer corpulenta, enorme. Casada con un jugador de fútbol profesional, según me contó. Yo era un palmo más pequeño, flaco como un palillo, un mequetrefe. No le suponía una amenaza para nada.

Margot se quedó callada. Noté que mi ridícula provocación había ofendido su particular veta de moralidad. También noté su curiosidad.

—Y hay muchísima gente que si es sincera se muere de ganas de contestar a esas preguntas. Solo tienes que preguntar de la manera adecuada.

—¿O sea que te lo contó?

—Sí. Me lo contó.

Caitlin también era una provocadora; formaba parte de nuestra conexión. Yo prefiero no hablar de mí mismo; por lo general no hace falta. La mayoría de gente ansía que les hagas preguntas perceptivas y que les des la oportunidad de descubrir lo que ellos mismos piensan. Esto es especialmente cierto de las mujeres jóvenes, de quienes siempre se espera que escuchen atentamente a un hombre tedioso y narcisista detrás de otro. Caitlin era distinta. ¿Dónde fue…? En una fiesta literaria celebrada en algún club nocturno o galería, elegida para transmitir un glamour que el mundo editorial casi nunca, o nunca, tiene… Allí se llevó una copa de algo de color rosa a la boca pintada de malva y me dijo:

—Nunca dices nada de ti mismo. Siempre desvías la atención.

—No es verdad —le contesté—. Soy un libro abierto.

—Y un carajo. —Sonrió.

—¡Pregunta lo que quieras!

Hay ciertas interferencias en el recuerdo, quizás en forma de canapés ofrecidos por uno de esos apuestos camareros de alquiler que van dejando tras de sí un rastro de dignidad lastimada;

quizás Caitlin tardó tanto rato en no elegir nada que me pareció que había perdido el hilo de la conversación. Pero entonces habló en serio:

—¿Cómo puedo conocerte mejor?

Me quedé genuinamente sorprendido y le contesté sin pensar:

—¿Cómo conocen las mujeres a los hombres?

Se quedó tan confundida que solo esperé un momento antes de contestarle:

—Flirtea un poco más conmigo.

La cara se le congeló de golpe. Y entonces alguien nos interrumpió y nuestra conversación terminó con la expresión de ella maravillosamente detenida en una pausa. Fue aquella misma noche, o bien después de algún otro «evento» casi idéntico, cuando compartimos un taxi y le pregunté:

—¿No estás de acuerdo en que el sexo está en el centro de la personalidad?

—No lo sé —me dijo—. La gente es complicada.

Esta era una de las razones por las que me caía mejor Margot: era una de las pocas personas que contestaban sin vacilar a aquella pregunta con un sí. Igual que Sharona, desde un punto de vista completamente distinto. Pero Sharona era distinta en todos los sentidos.

M.

La primera vez que me enfadé conscientemente con Quin fue por algo tan trivial que me dio la sensación de haberme vuelto loca. Estábamos los dos de invitados en una cena; entre las conversaciones de la mesa, él estaba mandando mensajes de texto para aconsejar a una chica disgustada porque el tipo con el que estaba saliendo quería ver a otras mujeres.

—¿Crees que debería darle libertad o decirle que no, que no está permitido? —me preguntó.

Le dije que no lo sabía, que no la conocía.

—Le he dicho que se lo estoy preguntando a Margot Berland, la editora de *Curar a tu puta interior*. ¡Le encanta ese libro!

—No la conozco —le dije.

La comida pasó de mano en mano; se iniciaron conversaciones. Quin contestó una pregunta de alguien que estaba sentado delante de nosotros, luego bajó la vista para mirar el teléfono y se dirigió a mí de soslayo.

—Pero no necesitas conocerla... ¡es una pregunta obvia! Tu novio quiere ver a otras mujeres...

—¿Después de cuanto tiempo?

—Llevan juntos unas semanas.

—¿*Semanas*? Que lo mande a la mierda.

—Vale, se lo voy a decir. «Margot Berland dice...»

—¡No, para!

—¿Por qué? Significaría mucho para ella que tú le...

—Es su vida. ¡Tiene que tomar las decisiones por sí misma!

Quin volvió a meterse el teléfono en el bolsillo.

—Ya se lo he dicho.

Me quedé allí sentada, inexplicablemente furiosa. Inexplicablemente porque desde que conocía a Quin siempre me habían divertido aquellas *microagresiones* –¡qué palabra tan ridícula y al mismo tiempo tan precisa!– y también había presenciado cómo divertían a otra gente.

Y habían divertido a *muchísima* gente, y no solo del mundo editorial. Dos o tres veces al año Quin organizaba unas fiestas enormes, unos eventos frívolos y excitantes que mezclaban a gente del mundo del arte, del cine, de la moda, de la crítica, de la literatura, de la medicina y, con menos frecuencia, de la política local. De vez en cuando invitaba a alguna mujer guapa a la que había conocido aquel mismo día por la calle y ella se presentaba: chicas anonadadas y despampanantes, apenas salidas de la adolescencia, venidas de Europa del Este o de Etiopía, que apenas hablaban inglés pero de alguna manera confiaban en que valiera la pena dedicar su tiempo a aquel hombre extraño y delgado. Nunca sabías al lado de quién te sentarían –de un joven apuesto y ambicioso que dirigía una farmacéutica falsa, de un artista demacrado y venido a menos, de una elegante dama de las letras de Islandia– ni de lo que esa persona te diría. Había una asistente habitual, una joven que escribía para una revista online de arte, a quien al parecer Quin había invitado después de que ella le pegara un par de veces en la cara con un matamoscas, que la mujer llevaba con un propósito muy preciso: pegar a los hombres que la irritaban. La primera vez que apareció en la puerta, la mujer de Quin, Carolina, le dio una cálida bienvenida:

—Oh, señorita Matamoscas, cómo me alegro de conocerla. ¡He oído hablar mucho de usted!

Y, efectivamente, la joven había traído el matamoscas con ella; y a lo largo de la velada lo usó para pegar repetidas veces a Quin en su propia casa, algo que él aceptó encantado y con la cara roja.

Pero Carolina no siempre se tomaba tan bien ni tan juguetonamente las extrañas relaciones que tenía su marido con las mujeres. Quizá no se las tomara bien nunca. La conocí brevemente después de que Quin y ella se comprometieran, un día en el que Todd y yo cenamos con los dos. Me causó una impresión sorprendentemente vívida; era editora adjunta de una revista de moda, casi veinte años más joven que Quin, y yo no había esperado que me impresionara, salvo con su belleza. Por supuesto que era preciosa, y de manera muy elegante. Era medio coreana y medio argentina, y aristócrata por ambos lados; su familia poseía tierras en las afueras de Buenos Aires. Tenía un porte eléctrico y profundamente sereno a la vez. Tenía una forma de ladear la cabeza que subrayaba la pureza de sus líneas faciales, y la expresión alerta franca y fascinada de sus ojos alargados acentuaba su forma inusual (como de lágrimas ladeadas hacia arriba). Durante la cena no dijo gran cosa, pero escuchó con erguida intensidad, como si su cuerpo fuera una antena, y dio la impresión de que sus oídos y sus ojos ladeados hacia arriba estaban interconectados y funcionaban como un único órgano. Era una presencia que te tomabas en serio por mucho que apenas hablara, por mucho que solo tuviera veintisiete años.

A pesar de aquella impresión, cuando el compromiso se convirtió en matrimonio, Carolina no tardó en pasar a un segundo plano para mí, incluso cuando hizo padre a Quin. (La noticia lo llevó al éxtasis, y cada fase del proceso lo encandilaba; el fluir de la leche, la nueva y natural ternura de su mujer. «Nunca en mi vida he estado tan centrado en los pechos», me *farfulló* literalmente un día mientras comíamos. «Ahora los veo en todas partes, los amo y los celebro, ¡sobre todo los de ella!»). Yo la veía de vez en cuando en fiestas y a veces en lecturas, a veces con su pequeña Lucia, que era una belleza más que espectacular, provista del cabello negro puro de su madre y de unos ojazos de anime que parecían contemplar otro mundo mejor. Carolina y yo siempre tuvimos una relación cordial. Aun así, una noche me sorprendió durante una de las infrecuentes cenas informales que celebramos con ella, Quin y Lucia. La niña tenía cinco años y se irritó de golpe con su padre, hasta el punto de que le montó una escena y hasta lo golpeó con sus puños diminutos.

—Está muy cansada —explicó Quin, y como vivían cerca, decidió llevársela a casa. Cuando me pregunté en voz alta por qué se habría puesto así la niña, Carolina se encogió de hombros.

—Es una niña —dijo—. No creo que le guste más que a mí ver a su padre flirtear con todas las mujeres a las que conoce. ¿No has visto cómo se ha puesto a actuar con la camarera? —Por entonces tenía treinta y muchos años y su expresión alerta y fascinada se había embotado y su postura muy recta se había venido un poco abajo. Pero seguía teniendo una belleza eléctrica.

—Para que lo sepas, eso nunca ha pasado entre Quin y yo —le dije—. Es un buen amigo. Pero no hay flirteo alguno. Para nada.

Y de forma tan simple y sincera que me asombró, Carolina me dijo:

—Gracias, Margot.

Su marido había conseguido poner celosa de una cincuentona a aquella mujer deslumbrante, la madre de su hija.

Pero no me tendría que haber sorprendido. A veces Quin se ponía seductor con mujeres mayores que yo. Una vez fuimos a un cóctel organizado por una mujer cálida y tonificada, con la cara llena de unas maravillosas arrugas profundas, pelo canoso alborotado y rotundo pintalabios rojo; saludó a Quin con un abrazo casi íntimo y se cogieron las manos mientras hablaban en tono confidencial de asuntos banales. Se separaron y, mientras nos dirigíamos a la mesa de las bebidas, Quin me ofreció un breve resumen de la vida de la mujer: periodista, esposa de diplomático, madre, voluntaria por el medio ambiente. Cuando llevábamos unos minutos bebiendo, me contó que la mujer y su marido todavía tenían relaciones sexuales, pero solo cuando el marido fingía que allanaba el apartamento y la violaba mientras ella luchaba por sacarse su pene de dentro con los muslos y los músculos de las partes íntimas.

—Imagino que casi debe de ser capaz de hacerlo —me dijo—. ¡Es una tía fuerte y una yogui feroz!

—¿Te ha excitado que te lo cuente? —le pregunté.

—No. No especialmente. —Su tono era seco, casi crítico—. Pero sí me interesa. Me ayuda a entenderla. Sabiendo eso, me siento más capaz de ayudarla con su matrimonio. Últimamente están teniendo problemas.

Lo dijo con total seriedad.

Q.

Sharona era una chica sacada de los años cincuenta. Incluso se vestía así, y no de forma deliberada. Nunca la vi con pantalones; llevaba exclusivamente faldas y vestidos, de corte recatado pero combinados con tacones altos y botas que le daban un punto sexy. Llevaba el pelo y las uñas impecables. Tenía la cara en forma de corazón y unos ojazos oscuros provistos de una expresión secreta que pedía ser desvelada; había algo intenso y exploratorio en su mirada. No era una auténtica belleza, pero sí tenía una risa preciosa y hasta un ceño fruncido precioso. Para ella, el sexo *era* el centro, y por eso se negaba a hablar del tema ni a evocarlo con su presencia; para ella, el centro era «sagrado». Usó esa palabra durante una conversación en una librería, después de una lectura. Yo le había preguntado por su novio, la pregunta más inocente para empezar, pero en ese momento en el que la mayoría de chicas empezarían a confiar en mí o bien a intentar impresionarme, ella me miró con una ligera mueca de reproche y me dijo con firmeza:

—Eso es inapropiado.

Aun así, la franqueza gentil de su mirada y de su voz resultó todavía más íntima que mi pregunta. Le pregunté si era religiosa y ella se rio antes de decirme que no. Le pregunté si rezaba. Su expresión cambió, experimentó un cambio de profundidad.

—Sí —me dijo—. Rezo.

Le conté que yo rezaba todos los días.

—Cuando quiero averiguar cómo es alguien en realidad —le dije—, es una de las primeras preguntas que le hago: si reza.

—¿Quieres averiguar cómo soy *yo* en realidad? Pero si me acabas de conocer.

—Prefiero saber con quién estoy hablando, sí.

Hablamos del escritor que acababa de leer un pasaje de su obra; un farsante, según ella. Yo me mostré en desacuerdo, aunque sin demasiado aplomo. Le pregunte si había alguien en la sala a quien le apeteciera conocer.

–No especialmente –me dijo.

Aceptó mi invitación a comer, en aquella y en otras muchas ocasiones. Le gustaba hablar de libros. Le gustaba que yo valorara su mente, y la valoraba sinceramente; tenía una *percepción* delicada y llena de matices. Desempeñaba un aburrido cargo de adjunta en una revista de arte que reseñaba libros (yo conocía a su jefe, un tipo desagradable), y yo notaba el placer que le producía tener la oportunidad de ejercitar su intelecto. No de forma ostentosa, sino con discreción y firmeza. Y estoy seguro de que ella era consciente de que yo era una buena amistad que cultivar.

Para entonces Caitlin y yo ya llevábamos tiempo siendo amigos, pero la amistad se había vuelto intermitentemente dura y combativa; agresiva incluso. Estaba enamorada de un hombre que parecía despreciarla; era claramente un enamoramiento ilusorio, y yo la animaba a que lo dejara correr. Pero como ella insistía en la legitimidad de sus sentimientos, le dije que, si realmente aquello era amor, debería rezar para saber qué era lo correcto para ambos y luego obrar en consecuencia. Cada vez que la veía, le recordaba que rezara al respecto.

El resultado fue predecible; el habitual desastre atroz. Pareció que ella me culpaba a mí; la única explicación que se me ocurre es que yo había presenciado su humillación a cámara lenta. A pesar de que encontró a un novio nuevo, la amargura de aquel rechazo se quedó en su corazón y la hizo comportarse de forma extraña en mi presencia. Se inventó un jueguecito: si tuviera que llevar una chapa con una sola palabra que anunciara quién era yo, ¿qué diría la chapa? *¿Flâneur? ¿Voyeur? ¿Asqueroso?* La severidad de la palabra que elegía variaba de día en día, igual que las «chapas». Yo elegía las de ella: *Narcisista. Oportunista. Llorica.* Recuerdo que ella sonreía como si estuviera borracha durante aquellas conversaciones, y aunque yo nunca estaba borracho, sí que había una sensación de embriaguez en nuestras sesiones de insultos.

En cualquier caso, seguimos almorzando juntos y haciéndonos confidencias. Ella aceptaba mis consejos profesionales (yo la ayudaba mucho) y a cambio me asesoraba sobre Sharona. Le terminé consiguiendo un chollo de trabajo con una agencia literaria. En su último día en la oficina me preguntó si la iba a seguir invitando a mis fiestas.

—Siempre y cuando sigas flirteando conmigo, cariño —le dije.

Y seguimos flirteando, aunque sobre todo por correo electrónico. Almorzábamos juntos de vez en cuando. No la invité a ninguna fiesta, sin embargo. Había otras que llenaban mejor la plaza que había ocupado ella.

M.

Hay tantas historias graciosas/atroces, que cuesta parar de contarlas. La chica de diecinueve años que le mandaba mensajes de texto cada vez que (a) cagaba o (b) follaba con su novio. La chica que le mandaba mensajitos para contarle sus fantasías cada vez que se masturbaba («Uf, ahora me cuesta teclear porque me tiemblan las manos…»). La vez en la que asistimos a una lectura de una escritora joven y Quin, cuando se la presentaron, le plantó la mano en toda la cara y le dijo: «Muérdeme el pulgar». La joven, perfectamente dueña de sí misma, lo miró con cara de asco y le dio la espalda.

—¿Por qué has *hecho* eso? —le dije.

Él ni se inmutó.

—Es guapa —dijo—. Pero no le gusta jugar. —Y se encogió de hombros.

Era grotesco, pero al mismo tiempo iba de la mano con un placer peculiar y grato. Una vez, cuando mi marido y yo estábamos de bajón, comentamos que en el fondo todo el mundo que conocíamos parecía infeliz, o por lo menos descontento.

—Salvo Quin —le dije—. Salvo él.

Todd se mostró de acuerdo. Y poniendo su cara de «Quin el pervertido», lo citó:

—¡Allí donde liba la abeja, libo yo!

Nos reímos y nos quedamos allí sentados, pensando en aquella felicidad anormal de Quin.

¿Y por qué no iba a ser feliz? Tenía una mujer preciosa y una hija excepcional, y era un editor excelente, que publicaba a algunos de los mejores escritores del momento. Solían ser escritores inteligentes y de público selecto, más que pesos pesados, pero su calidad era innegable y algunos tenían seguidores devotos. Muchos eran escritores en los que nadie más del mundo editorial había creído de entrada. Pero Quin sí creía, con pasión y hasta *moralmente*: «Es una adalid de la bondad», decía, o «Es un adalid de la sexualidad» o «un adalid de la verdad». (Por extraño que parezca, la moralidad era importante para Quin. Analizaba y criticaba a la gente basándose en sus rasgos morales; «egocéntrico» era una de sus acusaciones más severas; toda una ironía, teniendo en cuenta que nunca paraba de animar a la gente para que hablara de sí misma). Quin cogía a todos aquellos adalides, les pagaba adelantos completamente desproporcionados y se ponía exultante cuando tenían éxito. Lo cual pasó lo bastante a menudo como para que incluso muchos escritores en los que *todo el mundo* creía, es decir, por los que todo el mundo pujaba, terminaran yéndose con él, sin que él tuviera que esforzarse demasiado por conseguirlos.

Me acuerdo de que una vez lo acompañé a una fiesta editorial en honor de uno de ellos, un joven negro («¡Un adalid de la justicia provisto de humor y estilo!») al que Quin había posicionado para que alcanzara la fama. La fiesta tenía lugar en una galería de arte que exponía obras de alguien que pintaba imitaciones de vetustas obras maestras pero reemplazando a las figuras caucásicas originales por gente famosa de color. Quedé con Quin en su oficina; yo llevaba falda y tacones y una bolsa de la compra y un bolsito. Insistió en que le dejara llevarme la bolsa de la compra, porque, aunque yo la iba a dejar en la entrada, él creía que me iba estropear mi imagen; y *además*, le gustaba estar «a [mi] servicio». Acepté y entonces me dijo que también tenía que deshacerme del bolso, porque aunque era pequeño y muy bonito, me hacía parecer menos libre.

—Pero lo necesito —le dije—. Tengo dentro la billetera y el pintalabios.

—Pues déjame que te los lleve yo —me contestó—. Aquí. —Y se señaló un bolsillo interior de la chaqueta.

Vacilé.

—Estás efervescente esta noche —me dijo—. Pero ese bolso te quita algo. Te hace más mundana, menos encantadora. Quiero verte cruzar la sala exudando un aire de libertad.

—Pero si te doy mi billetera, no seré libre —le dije, sonriendo—. Porque mi billetera la tendrás tú.

Pero Quin tenía razón. Se me vería y me sentiría más libre sin el bolso. Sobre todo mientras bailábamos. Había un buen DJ y nos pasamos horas bailando.

Q.

Cuando Caitlin se marchó, su puesto de cuasi-secretaria lo ocupó una chica llamada Hortense. De hecho, me la recomendó Caitlin; no recuerdo la conexión entre ambas, pero se conocían de alguna manera. La verdad era que me gustaba más Hortense; tenía más confianza en sí misma, era menos ambiciosa y más guapa, un espécimen mejor en líneas generales (ojos enorme de color azul oscuro; boquita pequeña de labios carnosos; cuello grácil; pelo rizado; voz musical). Supongo que por pura costumbre intenté que fuéramos juntos de compras de vez en cuando y, quizás debido a lo maravillosamente guapa que era Hortense, me sentía atraído por tiendas un poco más exclusivas. En la última de aquellas expediciones se probó una camiseta y me dejó entrar en el probador para ver cómo le quedaba.

Allí estaba, joven, rebosando confianza en su atractivo, resplandeciente bajo la luz expansiva. La camiseta le quedaba perfecta y tuve ganas de decírselo. Pero lo que hice fue tocarle el pecho a través de la tela y del sujetador, trazando un círculo con el dedo en torno a la punta. No recuerdo la expresión de su cara, solo el movimiento de mi dedo y la respuesta de su pezón, endureciéndose. Elixir mágico. Delicioso.

El momento duró unos segundos, y luego le compré la camiseta y seguimos con nuestra tarde de compras. Pero la relación había cambiado un poco, se había vuelto más íntima, menos flirteo y más amistad verdadera y cariñosa. Por medio de un entendimiento tácito, ya no volvimos a ir de compras y tampoco la volví a tocar de la misma manera. Pero a veces durante el almuerzo, o incluso en mi oficina, nos cogíamos de la mano al hablar. Eso me gustaba mucho.

Seguramente fue una tontería por mi parte contarle a Sharona aquel incidente, pero por entonces no me lo pareció. Quería desafiarla; quería que lo entendiera. Estábamos hablando de la palabra «sagrado» y de lo que significaba para ella. Significaba algo ajeno a las palabras, me dijo. Algo ajeno a lo cotidiano pero que se expresaba por medio de lo cotidiano. Me mostré de acuerdo. Y luego le conté lo que había pasado entre Hortense y yo. Le dije que había sido, en pequeña medida, sagrado para mí.

Se le quedó la cara muy quieta y los ojos muy abiertos. Me preguntó qué hacía Hortense en la editorial. ¿Qué edad tenía? ¿Iba a seguir trabajando allí? Y por fin:

—¿Por qué te resultó sagrado?

—No lo sé exactamente. Como has dicho tú, es algo ajeno a las palabras. Pero lo sentí. Sentí asombro ante su belleza y ante el hecho de estar vivo. Y ante el hecho de que pudiera pasar algo tan extraño. Llegar hasta la misma línea de lo aceptable y no cruzarla.

—¿Cómo crees que se sintió ella?

—Quizás un poco igual. Sin disfrutarlo, exactamente. Pero de buen grado. Entendiendo mi necesidad. —Le dije que no creía que fuera a pasar otra vez y que era eso en parte lo que lo hacía especial. Le pregunté si lo entendía.

Tardó en contestar, pero por fin dijo:

—Creo que sí. Pero espero que tú entiendas que nunca te permitiría que me tocaras de esa forma.

—Nunca —le dije, honestamente—. Nunca te tocaría a ti así. —Extendí el brazo por encima de la mesa y le cogí la mano. Nos quedamos así sentados un momento y su mano cautiva se fue ablandando por momentos. Le di la vuelta y resistí el impulso de besársela. Llegó la cuenta. Me pareció una victoria.

M.

Se me hace raro que, aunque Caitlin fue la que finalmente... *rompió* a Quin, yo nunca hubiera oído hablar de ella. Tampoco creo que la conociera, y eso que conocí a incontables mujeres jóvenes en la órbita de Quin. *Sí* que conocí a Sharona una vez, y oí hablar de ella otras muchas veces. (*¿Verdad que es inocente? ¿Verdad que es especial? ¿Verdad que está sacada de los años cincuenta?* Aunque estaba claro que solo era una chica estándar de los noventa, incluyendo el nombre ridículo de canción pop). Hacia el final de su «amistad» Quin me llegó a mandar a mí mensajes de textos que le quería mandar a ella para preguntarme qué me parecían. Algunos de aquellos mensajes se metían con ella de forma agresiva; otros eran casi suplicantes, entre ellos uno en el que comparaba su negativa a «compartir» más de sí misma con la negativa del Congreso Republicano a compartir la riqueza social. (Aquel le dije que no lo mandara bajo ningún concepto). Podíamos pasarnos almuerzos enteros analizando la conducta de Sharona, sobre todo las razones de que no le dejara a Quin acariciarle la espalda ni siquiera cogerle el codo para guiarla por una habitación. Una y otra vez se repetía la misma conversación: yo lo aleccionaba sobre el respeto y los límites de la conducta apropiada; él se preguntaba cómo ella podía ser tan «remilgada» consigo misma y declaraba que él *jamás* le negaría a una amiga sus necesidades.

–¿Y si yo necesitara que te pusieras de rodillas y me besaras los pies cada vez que me ves? –le respondí.

Él me dijo que lo haría. Le contesté que sería muy extraño. Me dijo que lo iba a hacer allí mismo y se puso literalmente de rodillas en el suelo del restaurante; cuando la gente se lo quedó mirando, les explicó: «estoy honrando las necesidades de mi querida amiga». Y literalmente intentó besarme los pies. Tuve que decirle que parara. Pero me estaba riendo.

Yo lo sabía todo de Sharona. Pero no me enteré de la existencia de Caitlin hasta la demanda.

—¿Qué le has hecho? —le pregunté—. ¿Por qué crees que está tan furiosa?

Se encogió de hombros.

—Me preguntó qué tenía que hacer para que la invitara a mis fiestas y le dije que tenía que flirtear más conmigo. Creo que eso la ofendió de verdad.

Por supuesto, el periódico traía una lista de muchas más ofensas, entre ellas mandarle a Caitlin, mientras ella todavía trabajaba para él, un vídeo de un hombre dando unos azotes a una mujer. La gente se quedó escandalizada cuando me mostré comprensiva con aquello.

—Sé que parece terrible —dije—. Pero no creo que realmente pasara así. Seguramente él le preguntó qué le gustaba hacer en materia sexual y ella le dijo que le gustaban los azotes. Para Quin sería lo más natural del mundo mandarle un vídeo de azotes. ¡Sí, aun así es una grosería! —admití—. Pero…

—Ni siquiera se lo pregunté —me dijo Quin—. Me lo contó por iniciativa propia. Y no era porno ni nada parecido. ¡Era John Wayne dando azotes a una actriz en un western antiguo!

Caitlin ni siquiera fue la que lo acusó de darle azotes. Eso lo reveló otra mujer en una entrevista con el *Times*. Otra mujer que ni siquiera formaba parte de la demanda, pero que ciertamente consiguió que resultara creíble.

Q.

Si mi mujer se queda conmigo, podré superar esto. Podré superarlo pese a todo, aunque... *roto, lisiado, sin su respeto*. Son las palabras que se amontonan a veces cuando mi mente va en esa dirección, así que no lo permito. Salgo a correr todas las mañanas. Voy con la barbilla bien alta. Me llena la mente una luz brillante. La vida es un milagro. Y la vida sigue, sin importar lo que le pase a un hombre egoísta. «Eres Quinlan Maximillian Saunders, y gracias a esto encontrarás un lugar mejor», me dijo Carolina una noche a las dos de la madrugada, cogiéndome en brazos, con las lágrimas cayéndole por la cara. Aquel mismo día —técnicamente el día anterior— me había abofeteado en público, en la calle. Lo había hecho porque yo había visto a una de mis acusadoras, le había sonreído y le había dicho «hola».

—Me ha sonreído ella *a mí* —le expliqué—. Yo simplemente le estaba devolviendo la sonrisa.

—Y mi mujer se giró y me pegó. Todo lo fuerte que pudo, con la mano abierta.

—Idiota —me dijo. Lo dijo con calma y en voz baja, aunque lo bastante fuerte como para que la oyeran los transeúntes—. Parece que no te puedo dejar salir a la calle, ni siquiera conmigo.

Más tarde me abrazó. Pero es un hecho que me tiene prohibido salir, y lo acepto, porque sé lo que esto ha supuesto para ella, y lo que ella cree que supondrá algún día para Lucia; aunque creo que Carolina infravalora a la niña.

Es completamente terrible y absurdo. Es absurdo que yo hiciera ciertas cosas, sí. También es absurdo que Caitlin conserve un cargo que yo le ayudé a conseguir y que desde ese cargo me acuse de cosas de las que fui partícipe. Y todavía más absurdo que la llamen «valiente» por ello. Y finalmente me parece también un poco absurdo que lo que más daño ha hecho a Carolina de todo este asunto, sospecho, no es ni la herida recibida en su corazón ni en su dignidad verdadera, sino en su identidad social: ha pasado de ser la esposa de un editor respetado a la esposa de un paria.

—¿Qué clase de esposa soy? —gritó en presencia de uno de mis amigos más cercanos—. ¿Qué clase de esposa voy a ser para las cámaras, en la vista judicial? ¿Una esposa leal? ¿Una esposa espiritual? ¿Una esposa humillada? —*gritó* mi elegante, formidable Carolina, y mi amigo y yo nos quedamos allí sentados, contemplando boquiabiertos su dolor.

—Soy yo quien tiene que llamar a los abogados —despotricó— y al editor que te apuñaló por la espalda después de que tú cargaras con el muerto por él. Soy yo quien tiene que ponerse al teléfono y recordarle a ese hipócrita que sin ti no tiene chivo expiatorio, y que sin él nosotros no tenemos seguro.

—¿Podéis contrademandar? —me sugirió débilmente mi amigo—. ¿Podéis llevar a la chica a los tribunales, o…?

—¿Estás de broma? ¿Sabes cuánto costaría eso? ¿Sabes cuánto hemos perdido ya? —Pero por lo menos dejó de gritar—. Me da igual la chica. Me importan el seguro sanitario y la supervivencia de mi familia. No me importa defenderme. No quiero ganar. Solo quiero que mi familia esté bien.

Terrible. No absurdo. Terrible. Lo siento. Lo siento todos los días. Pero no pienso en ello. Lo que hago es pensar en Sharona. Hasta le he escrito una carta. No sé si la voy a mandar. Margot ha dicho que ni siquiera va a cambiar nada; si eso es verdad, no veo por qué no mandarla:

Leo en el informe de terceros que has sido una de las personas que han ofrecido su experiencia como ejemplo de mi conducta abusiva. Eso me escandaliza y me duele. Nunca fue mi intención causarte dolor ni faltarte al respeto. Pero tienes que saber cuánto valoré nuestra amistad y cuánto te respeté. Hasta ofrecí incluir a tu novio en nuestro círculo solo para estar en tu presencia. Por favor, Sharona, no formes parte de esto. No te lo estoy pidiendo porque crea que va a afectar al resultado legal; ya sé que no afectará. Te lo pido porque realmente me duele ver tu nombre asociado de alguna manera con esto. Por favor, muéstrame una fracción del aprecio que te tengo yo a ti.

Me sentí muy tentado de añadir que Hortense, la chica sagrada del vestidor, se había negado férreamente a formar parte de la demanda y que incluso me había mandado una nota de apoyo. (Lo cual era especialmente significativo teniendo en cuenta que Hortense conocía a Caitlin; me pregunto cómo estará yendo esa amistad...). Pero no lo mencioné.

M.

—¿Y tenías una pala en tu despacho? ¿Por casualidad? Nunca la vi.

—Oh, Margot, déjalo. Era más bien, no sé, una cuchara de servir o una espátula.

—Y se daba la casualidad de que estaba en tu despacho. Y tú…

—Habíamos quedado para almorzar y llegó media hora tarde. Odio que la gente llegue tarde. Estoy seguro de que te has dado cuenta de que soy muy puntual.

—Me he dado cuenta.

—Así que estaba un poco molesto y, casi para quitarle un poco de hierro al asunto, le dije: «¿No crees que tendría que castigarte por llegar tarde?» Y ella me dijo: «Supongo». Así que le dije: «¿Cuál debería ser el castigo?» Yo no tenía ni idea de lo que me iba a decir. Y me dijo... no, no solo lo *dijo*... se dio la vuelta y puso el culo en pompa. –Se giró y me hizo una demostración, ofreciéndome el trasero con las rodillas y los muslos muy pegados entre sí. Creo que hasta se apoyó las manos en las rodillas–. Y me dijo: «Unos azotes». Así que le di un solo azote con un cuchillo de untar.

–Has dicho que era una espátula.

–Lo que fuera, no me acuerdo. Y luego fuimos a almorzar y nos lo pasamos en grande. Y ahora está diciendo que la pegué y la degradé.

Me llevé la palma de la mano a la cara mientras me lo imaginaba: el ambiente despreocupado de la oficina, las palabras desenfadadas, la chica quizá dedicándole un pequeño mohín por encima del hombro mientras le ofrecía juguetonamente el culo; es posible que el escozor del golpe la hiciera estremecerse, pero luego... ¡a almorzar y a reír! Y por fin el trayecto de vuelta en metro en silencio, sentados delante de una hilera de desconocidos cansados y distraídos que miraban fijamente sus teléfonos o simplemente miraban fijamente.

—Es lo que no entiendo. Fue idea de ella; no, fue idea mía. Pero ella la aceptó encantada. No tenía por qué sacar el culo. No tenía por qué hacer nada. A ninguna de ellas le hacía falta.

—Quin —le dije—. Nunca diría esto en público. Nunca se lo diría a nadie más que a ti. Y quizás a Todd. Pero escucha. Las mujeres son como los caballos. Quieren que las guíes. Quieren que las guíes pero también que las respetes. El respeto te lo tienes que ganar cada vez. Y son fuertes como unas cabronas. Si no las respetas, te descabalgarán y se quedarán paseando por el prado mientras tú estás ahí tirado y sangrando. Es lo que pienso.

Q.

¿Respeto a las mujeres? A decir verdad, no estoy seguro de que pueda dar una respuesta general y para todos los casos. Pero una cosa sí puedo decir: respeto a mi mujer. Y nunca la traicioné.

—Flirteé. Eso fue todo. Lo hice para sentirme vivo sin ser infiel. Nunca…

—Habría tenido más dignidad que fueras infiel —me contestó Carolina—. Habría sido más normal.

—¿Habría tenido más dignidad que fuera *infiel*? ¿Lo dices en serio?

Estaba sentada con la espalda muy recta, mirando por nuestros ventanales con vistas al oeste. Sobre un cielo anormal de nubes violáceas y grotesca luz rosada se elevaban incontables formas rectilíneas, plateadas y grises. Una belleza especialmente vertiginosa de cristal y acero reflejaba la puesta de sol y se teñía de naranja.

—Ni siquiera eres un depredador —dijo en voz baja—. Ni siquiera. Eres un tonto. Un tonto que pellizca, da grima y se insinúa. Eso es lo insoportable.

M.

Yo no conocía a la mayoría de mujeres que se habían pronunciado en contra de Quin. Pero sí conocía a una, a una novelista llamada Regina March, uno de sus descubrimientos menos importantes de hacía unos años. La había visto en las fiestas de Quin y me caía bien; era una mujer de cuarenta años, cálida y de opiniones rotundas, que por lo que yo recordaba siempre se despedía de Quin con un abrazo. Me asombró ver que era una de los cientos de mujeres que habían firmado la petición nombrando a múltiples «abusadores» y exigiendo que nadie les volviera a dar trabajo; amenazaban explícitamente con boicotear cualquier editorial o medio de comunicación que diera trabajo a uno solo de ellos. ¡En esencia, aquella mujer inteligente y encantadora estaba amenazando la subsistencia del hombre que la había publicado por primera vez!

Se me debió ver el asombro cuando me la encontré en una fiesta, porque nada más verme se le ensombreció la cara. Provocada por su expresión culpable, me dediqué a perseguirla lentamente por la sala, me uní a ella en una conversación a tres bandas y esperé educadamente a que me llegara el momento. No me hizo falta esperar mucho. En cuanto la otra mujer se alejó, ella me miró con ojos emocionados y me preguntó:

—¿Cómo está Quin? ¿Cómo está Carolina?

—Todo lo bien que se puede esperar —le dije.

—Pienso en ellos todos los días —dijo—. Quería ponerme en contacto con ellos, pero…

—¿*Ponerte en contacto*? ¿Querías *ponerte en contacto*? Dios mío, Regina, ¿cómo has podido firmar eso?

Se echó a llorar. Me dijo que no había visto el nombre de Quin en la petición hasta después de firmarla –había muchísimos nombres– y, debido a que estaba en Internet, ya no podía quitar su firma. Quizás añadieron el nombre de Quin después de que ella lo firmara… ¡Porque si lo hubiera visto no lo habría hecho! ¿Puedes decírselo?, me preguntó. ¿Puedes decírselo a Carolina? ¿Puedes…?

Q.

Después de que se desestime mi caso –y creo que hay muchos números de que así sea–, quiero hacer una declaración. Escribiré una entrada de blog, quizás, o mandaré algo al *Times*. Quizás simplemente la leeré ante el tribunal. La idea se me ocurrió una madrugada –ya casi de día en realidad, seguramente sobre las cuatro– en que me desperté tan descorazonado que no me notaba los latidos en el pecho. Carolina estaba a mi lado, y aunque tuve ganas de apoyarme en ella para sacar fuerzas, no me moví. Apenas se le veían los rasgos a oscuras, pero le vi el contorno de la frente, de los labios, la nariz y la mejilla; aquellas formas expresaban tristeza e impotencia, pero las curvas de sus hombros y su cuello declaraban una determinación animal de *superar aquella mierda*. Carolina: la figura sagrada que había detrás del tapiz de colores chillones que era mi vida pública. Incapaz de contenerme, me acerqué a ella y al entrar en el área de su calidez me vi inundado de alivio y restos de felicidad. Luego se apartó de mí, sin despertarse.

Pensé: tengo que hacer algo. Tengo que presentar batalla de alguna forma. Podría ponerme en contacto con viejos amigos de Londres. Quizás el veneno no se haya propagado hasta allí. Es terrible tener que hacer frente a mi padre, pero... Me levanté y fui a la sala de estar y contemplé el parque, con su vegetación de colores verde oscuro y marrón áspero bajo el cielo incoloro. Pero no quería volver a Inglaterra; quería quedarme aquí. Por la calle se movían cansinamente unos pocos coches; un carruaje de caballos avanzaba a trompicones junto a la acera. Llegaban ruidos: un camión de la basura, un autobús, algo grande que soltaba unos pitidos horribles al girar, el ruido gris del tráfico. Bocinas atronando primero luminosas y después difuminadas, remitiendo hasta fundirse con el gris dominante. Era precioso desde aquí: la obediencia al entramado de calles, la lucha en su contra. Me dio fe en mí mismo. Por mi cabeza fluían palabras y música con libertad, procedentes, en apariencia, de un lugar de profundo orden subterráneo, de un lugar del que extraen su vitalidad las señales y símbolos de la sociedad. Animado por el orden destartalado del despertar de la ciudad, me dio la sensación de que todo podía ir bien, de que iba a poder hacerme entender y quizás incluso hacer las paces con quienes me habían tratado injustamente.

Me senté a mi escritorio y escribí:

Me doy cuenta de que la forma como me he comportado en el mundo no siempre ha sentado bien a quienes me rodeaban. Vengo de una generación que valora la libertad y la sinceridad por encima de las buenas maneras, y he actuado en base a esos valores, a veces siendo un provocador, e incluso un bromista. Es posible que en ocasiones haya ido demasiado lejos, que haya tenido demasiada curiosidad, que haya sido demasiado amistoso y a veces un poco arrogante. Pero…

Y ya no supe qué más decir. Me encontré a mí mismo extrañamente distraído por los recuerdos de una artista visual que había asistido con frecuencia a nuestras fiestas, una chica sexy que hacía poco que me había mandado un correo muy tierno. Me acordé de un vídeo que había hecho de un hombre arrodillado y ladrando cuando ella se lo mandaba; le hacía ladrar a cambio de un beso («¡Más fuerte! ¡Más!») hasta que los dos se desplomaban entre carcajadas. Con un poco de esfuerzo, volví a pensar en mi mujer y en Lucia, que un par de noches antes se había despertado de una pesadilla y se había metido en la cama entre nosotros, pidiendo que la abrazáramos los dos. Pero aunque había pasado recientemente, el recuerdo parecía distante y por alguna razón hacía que me costara escribir la declaración. Me pasé otra hora allí sentado y aun así no se me ocurrió qué más decir.

—Creo que estaría bien que empezaras disculpándote —fue lo que me sugirió el marido de Margot, Todd, cuando les pedí ayuda con la declaración. Habíamos estado tomando copas y discutiendo en su apartamento old-school de Brooklyn: un laberinto de cuartitos redimido por una cocina amplia y encantadora a pesar de las molduras rotas y del techo manchado y combado.

—¿Disculpándome por qué? ¿Por ser yo mismo?

—Por causar dolor. Soy consciente de que muchas de ellas están reaccionando exageradamente o simplemente apuntándose a una moda. Pero algunas se han debido de sentir genuinamente heridas y….

Me encanta Todd. Es un hombre amable y serio con unas proporciones ligeramente extrañas: manos pequeñas, boca delicada, hombros formidables y una cabeza grande con aire de senador. Me encanta por ser un perro leal a ese gato inquieto que es Margot. Pero yo no soy ningún perro, y no me serviría de nada fingir que lo soy.

—Pero es que no creo que se sientan heridas. Quizás se sientan ofendidas, pero eso es distinto.

—¿Pero dirían *ellas* que se sienten heridas?

Margot no me dio tiempo a contestar.

—Me da la impresión de que no entiendes por qué esas personas están diciendo esas cosas cuando se comportaron como si fueran tus amigas y aceptaron favores de ti.

—Me niego a decir que «no lo entiendo». Es una reacción débil y quejica. Y además, *sí* que lo entiendo.

—¿Qué es lo que entiendes? —me preguntó.

¡Menuda paciencia condescendiente me estaba mostrando mi querida amiga! Aun así le contesté sin perder la calma:

—Que este es el fin de los hombres como yo. Que están enfadadas con lo que está pasando en este país y en el gobierno. Y no pueden golpear al rey, de forma que van a por el bufón. Puede que no ganen ahora, pero terminarán ganando. ¿Y quién soy yo para interponerme en su camino? No quiero ser un obstáculo.

Me miraron con expresiones de respeto lúgubre.

—Eran mis amigas. Y todavía querría ser amigo suyo. Las echo de menos.

—¿Amigas? —Margot soltó literalmente un resoplido de burla—. ¡Esa zorra te ha hundido la vida!

—No me ha hundido la vida. Yo nunca le daría ese poder. ¡No es más que una niña que está confusa!

Volvieron a mirarme, esta vez solo con expresiones lúgubres.

M.

—Quiere ser amigo de ellas —dijo Todd en tono incrédulo.

—Lo sé.

—Está fatal —dijo Todd.

—Lo sé.

—Encerrado en la hendidura de un pino.

—¿Qué?

—«Y en un acceso de implacable rabia te encerró en la hendidura de un pino, y en ella sufriste cruel tortura...»

—Oh, para ya, esto no es shakespeariano, ni siquiera un poco. Y no compares a las mujeres con brujas.

—¿Por qué? —Estaba lavando los platos mientras hablábamos y se giró para mirarme—. Tú acabas de llamar «zorra» a una.

Parecía genuinamente confuso, de manera que me limité a decirle:

—Lo sé. —Y lo dejamos correr.

Pero su comparación no era adecuada. Ariel no le había pellizcado el culo a Sicorax ni le había dicho que le mordiera el pulgar. Ariel había sido castigado por negarse a obedecer las órdenes de la bruja; a Quin lo están castigando por dar órdenes. O por lo menos es así como habían reaccionado las mujeres; como si les estuviera dando órdenes alguien que tenía poder para dárselas.

Es llegado este punto cuando no entiendo mis propios sentimientos. Cada vez que les digo a mis colegas que las mujeres simplemente tendrían que haberle dicho a Quin que parara, que *yo* le había dicho que parara y lo había *hecho* parar, ellas me contestan invariablemente que él tenía un poder desproporcionado, y que, por mucho que *en teoría* ellas pudieran haberse resistido, no deberían verse en aquella situación, no deberían verse obligadas a ello. Entonces me indigno y me pongo a farfullar sobre la capacidad de actuar femenina versus la infantilización, etcétera. Les digo que sí, que él actuó mal. Que yo también me enfadé con él. ¿Pero acaso se merecía perder su trabajo, su derecho a trabajar y su honor como ser humano? ¿Acaso hacía falta aplastarlo de forma tan completa y absoluta? ¿No podía la gente limitarse a burlarse de él por ser un Pepito Grillo salido y dejarlo ahí? (Un dulce grillo, cruzado con el Honrado Juan de *Pinocho*: *¡hiaaa, hiaaaa!*)

Pero hay otras cosas que no les digo, que no puedo decir. Y es entonces cuando llega el dolor del corazón. Sutil. Pero real.

Hace unos años Quin me contó que una amiga suya estaba experimentando recuerdos recuperados de abusos sexuales de infancia. Él sentía escepticismo hacia aquel proceso y estaba tan cansado del tema que terminó evitándola.

–Quin –le dije–. Si ella te importa como amiga, suspende tu escepticismo. Aunque te suene todo a patrañas. Esto es importante y ella está confiando en ti.

Y para hacerle entender la fuerza de mis sentimientos, le dije que yo había sufrido abusos a los cinco años.

—¿Y te acuerdas? —me preguntó.

—No de todo. Pero sí me acuerdo de una parte con mucha nitidez. Fue chocante, en todos los sentidos. Lo poderoso de la sensación. No me hizo daño físicamente, pero fue como quedarte aturdida de un golpe y que después te hipnoticen. Fue una sensación excesiva, demasiado fuerte para mí a aquella edad.

—¿Quién era él?

—Un amigo de la familia. Me acuerdo de su figura grande y oscura. No quiero decir que tuviera la piel oscura. Hablo de una sensación oscura que producía y que yo podía ver de alguna forma. Una sensación de dolor. Me acuerdo de que me subía en su regazo y trataba de reconfortarlo.

—Estoy seguro de que lo reconfortabas. Debiste de ser un angelito para él.

—Quin —dije—. Ese es un comentario extraño.

—¿Por qué? Los niños pueden ser poderosos. Estoy seguro de que durante un tiempo le quitaste el dolor.

—No mucho tiempo. Se suicidó.

—Terrible. Aun así, estoy seguro de que lo ayudaste.

Y luego cambiamos de tema. No me puse furiosa. No recuerdo qué sentí exactamente, salvo una extraña y callada combinación de incredulidad y aceptación. No se me ocurrió decirle nada hasta mucho más adelante. Él no se acordaba de la conversación, pero se disculpó de todas maneras; no entendía por qué yo estaba molesta.

—Solo estaba intentando encontrarle algo positivo a la historia —me dijo. E imagino que era verdad. Pero por dentro seguía enfadada. Al mismo tiempo lo seguía queriendo. Era igual que esas mujeres que no lo paraban y que actuaban como sus amigas por mucho que se estuvieran poniendo más y más furiosas. No era porque tuviera más poder que yo; eso no importaba en realidad. Y tampoco era porque yo fuera como un caballo. No sé por qué me comportaba como me comportaba, y yo lo seguía haciendo; él lo seguía haciendo. Las pequeñas puyas y bromas que siempre hacía, hábilmente entremezcladas con sus habituales elogios, escocían como las picaduras de un insecto invisible («Me parece *interesante* que ahora prestes *mucha* más atención a tu aspecto que hace solo cinco años»). Y aunque antaño me habrían resbalado, de pronto ya no era así. Y tampoco podía echárselas en cara. La conversación se movía demasiado deprisa.

Q.

A los diecinueve años follé con una chica en el lavabo público de un club, si es que se le puede llamar club a aquel tugurio oscuro, inmundo y ruidoso, y por entonces lo llamábamos así. No tuve que hacer gran cosa para conseguirlo, tan poco, de hecho, que apenas me acuerdo. Me acuerdo de ella, sin embargo: la cara pequeña y bonita demasiado rígida e inexpresiva, pero el cuerpo casi perfecto lleno de una voluntad dura y extraña. Primero yo sentado y ella de rodillas (la camisa levantada, el sujetador bajado, unos pechos increíbles al aire, aplastados y torcidos), luego yo de pie y ella con el culo en pompa, ofreciéndose por encima de un retrete público. No estábamos solos, el bramido sucio del equipo de sonido entraba y salía succionado por la puerta y la gente se desparramaba por los urinarios de porcelana, se movía dando tumbos y se reía en los cubículos ruidosos. Cuando terminamos, la chica casi se escapó, y movido por unos vagos remordimientos le pedí su número, porque pensé que quizás ella lo quisiera, aunque no pareció ser el caso. Tengo una foto de una exnovia tomada en el mismo club; está tomada en el momento justo en que alguien le levanta la falda para mostrar que no llevaba bragas. Ella tiene la mirada gacha y la cara medio girada con gesto desafiante y está luchando con la mano para bajarse la falda aunque también sonríe, y a primera vista parece que sea ella la que se está levantando el vestido.

Me pregunto si, en caso de que esas chicas fueran chicas hoy en día, dirían que las han «asaltado» si alguien les pusiera la mano en la rodilla. ¿Dirían que estaban demasiado «paralizadas» por la angustia para detener a su asaltante?

Qué historia tan distinta nos contábamos entonces sobre nosotros mismos. Y qué conscientes éramos de que era una historia.

M.

Aunque no suelen expresarlo con libertad, hay gente que siente lástima genuina por Quin.

—Es una farsa —susurró con voz ronca un tipo sentado a una mesa durante unas copas después del trabajo—. ¿Le han hundido la vida por pellizcar un *trasero*?

Y no eran solo los hombres: una publicista de sesenta y pico años, que llevaba toda la vida en el ramo, manifestó su adhesión en voz alta, calificando a Quin de «maravilloso» y «generoso», mientras sus colegas más jóvenes fruncían el ceño quisquillosamente.

—Quizá demasiado generoso —dijo—, y con unas memas que no lo merecían, pobre hombre.

La opinión dominante, sin embargo, es que tiene lo que se merece; al parecer hizo más enemigos de los que incluso yo conocía. En cualquier caso, la mayoría de gente ve el hecho de que yo siga siendo amiga suya como un acto de lealtad, aunque sospechoso. A fin de cuentas, mi reputación profesional viene de publicar un libro de relatos encantadores sobre mujeres masoquistas (cuya autora ya carente de encanto se sigue quejando *todavía* de la cuantía de su adelanto), un libro que fue percibido por turnos como revolucionario, «empoderador», triste, tediosamente manido y, por fin, interesante desde el punto de vista sociológico; y aunque desde entonces he traído al mundo muchos libros, nunca me he despojado del todo de esa aura excitante pero cansina. De forma que me tomé de forma bastante personal el hecho de que, después de una charla particularmente aburrida, la concurrencia pasara a cotillear sobre todos los hombres que habían sido recientemente denunciados y arruinados por mujeres indignadas, y que una colega dijera, no recuerdo a santo de qué:

—Y luego están las mujeres que intentan defender a esos asquerosos. Que dicen: «Es que los hombres son así». Esas sí que me dan lástima. No me puedo imaginar cómo han sido sus vidas.

Lo dijo sin mirarme; yo tampoco la miré. Nadie mencionó el nombre de Quin. Aun así, me habría gustado decir: «Quin no es como ningún otro hombre que yo haya conocido. No conozco a ningún otro hombre tan cómico y extrañamente lascivo. No conozco a ningún otro hombre capaz de arrodillarse en el suelo de un restaurante y tratar de besarte los pies por pura extravagancia. Ni que se ofrezca para llevarte el dinero y el pintalabios a fin de que puedas parecer más libre. No conozco a ningún otro hombre capaz de decirle a una mujer que está llorando y a la que apenas conoce: «Tienes un espíritu maravilloso», y luego invitarla a tomar té después de que su «amiga» le cuelgue el teléfono. Estoy segura de que aquella colega mía tan recta también me habría colgado el teléfono, asqueada por mi debilidad en aquel momento. Fue Quin quien me ayudó a recuperarme, y no solo aquel día. A lo largo de días, semanas y meses me ayudó a sentir que formaba parte de la humanidad, y no solo con su amabilidad; fueron sus bobadas, su humor y sus *guarradas* las que me reavivaron el espíritu.

El otro día almorcé con él y lo vi de un ánimo excepcional, impecablemente ataviado y con un alegre fular de borlas. Hablamos de libros que se iban a publicar, libros *suyos*, uno de los cuales acababa de recibir una reseña espléndida en el *Times*; cotilleamos sobre colegas. Hablamos de Carolina y de Lucia, que a los ocho años había empezado a chuparse repentinamente el pulgar, algo a lo que él pensaba que su mujer estaba dando demasiada importancia. Charló con todos los camareros, sondeándolos sobre cualquier cosa, desde sus uniformes y cómo se sentían llevándolos hasta sus esperanzas y ambiciones más elevadas. Era obvio que a aquellos chavales tan campechanos les hacía gracia.

—¡No pare de hacer preguntas! —lo animó uno de ellos mientras por fin nos marchábamos.

—Creo que las cosas están cambiando para mí —dijo Quin—. Lo noto. La ciudad se me está volviendo a abrir.

Dolor en el corazón. Real.

Q.

Relatos, todo son relatos. La vida es demasiado grande para nosotros y por eso nos inventamos relatos. Ahora las mujeres están muy metidas en el relato de la víctima; aquellas a las que ofendí son todas víctimas, por mucho que las celebren en todas partes. Yo también podría hacer mío ese relato, pero no me parece ninguna maravilla, porque es demasiado simple. El mejor relato es el que revela una verdad, como algo que ves y entiendes en un sueño pero lo olvidas nada más despertarte. La chica que me ofreció el culo en pompa sobre el retrete hace mucho tiempo… estaba representando una verdad de la que a continuación se escapó, y el hecho de escaparse también era verdadero. Cuando le puse el pulgar en la cara a aquella chica —el ejemplo que Margot nunca para de sacar a colación, como si fuera la ofensa más grande de todas—, la estaba desafiando a enseñarse a sí misma, y también me estaba enseñando a mí mismo, enseñándome mi necesidad de vivir y de sentirme vivo. Le estaba preguntando, *invitándola*: ¿sabes jugar, juegas? Su respuesta fue que no, y no pasó nada. Me compré su libro de todas maneras; y hasta me leí un trozo.

Y bueno, la verdad ahora es que todo el mundo ha dicho que no. La verdad ahora es que soy aquel hombre del vídeo de la artista sexy, el que gateaba y ladraba a cambio de un beso. En realidad siempre he sido él. Yo habría hecho cualquier cosa que Sharona quisiera, hasta invitar a su novio a que cenara con nosotros para poder estar en presencia de ella, gatear y ladrarle si eso llevaba a unas risas y a un beso, ¡un simple beso! En fin, todo esto suena muy deshonesto. Me imagino a Margot poniendo los ojos en blanco. Me imagino a Carolina, con expresión aturdida y desolada, envejecida por el dolor: el aspecto que tiene cuando cree que no la puedo ver, el aspecto que tenía anoche cuando salió de la habitación de Lucia y se le disipó la sonrisa luminosa y se le endureció la cara nada más verme. Me imagino a mi niña con la frente y las encantadoras mejillas reluciéndole bajo la luz tenue de su ordenador portátil, al otro lado de una puerta entrecerrada, con cuidado de no oír las palabras furiosas ni las lágrimas. Lo que quizá se encuentre un día en ese ordenador: es algo que se me echa encima con velocidad espeluznante, derrapa malévolamente cerca de mí y me pasa al lado como un camión satánico de película de terror. Es una historia triste, vale, pero... Es mejor tomársela con calma. Y acordarse...

La vida es lo bastante grande para cualquier historia. Me adentro en la calle con lágrimas cayéndome por la cara. Me adentro en un mundo de rebajas y refrescos de sabores, multitudes en marcha, calles rotas y vapor saliendo por las grietas. Martillos mecánicos, autobuses estruendosos, mujeres que se meten por entre el tráfico, certeras con sus tacones altos y afilados, por entre escaparates llenos de caras, productos, amonestaciones luminosas, luz y polvo. Empleados encorvados fumando en los portales; camareros vaciando mesas de terrazas. Comensales ociosos frente a sus platos vacíos, abiertos de piernas, manipulando sus teléfonos. Bebidas de colores vivos, vino, pan. Bandadas de palomas, una rata cautelosa. Paso frente a un quiosco a cuyo propietario conozco; su mirada encuentra la mía y percibe mis lágrimas con tacto, sin apenas cambiar de expresión. En las entrañas de su cueva de titulares febriles y caras chillonas, tiembla de frío y lucha por respirar; le fallan los pulmones mientras vende revistas y agua embotellada, pastillas de menta y plantitas de albahaca. Nos saludamos. No digo nada pero pienso: «Hola, hermano». Y la vida pasa a toda velocidad. En la esquina hay gente tocando instrumentos y cantando. Hombres huraños sentados con perros mugrientos y mendigando. En el metro, un chico de nariz aguileña con pelo teñido, correoso y sin embargo elegante está en cuclillas manipulando unas marionetas mal hechas al ritmo de una música sexy y en medio de un extraño retablo de juguetes viejos. Hay algo siniestro; levanta la vista con ojos pálidos y libidinosos. Una mujer mayor se ríe demasiado fuerte, intentando llamarle la atención. Un mendigo me mira y dice:

—No estés tan triste. La cosa irá mejorando.

Y le creo. Ya me saldrá otra cosa. Si no es aquí, pues en Londres. Lo noto. Estoy en el suelo y sangro, pero me volveré a levantar. Cantaré himnos.

El mendigo se ríe detrás de mí y grita algo que no puedo oír. Me giro con un dólar ya en la mano.